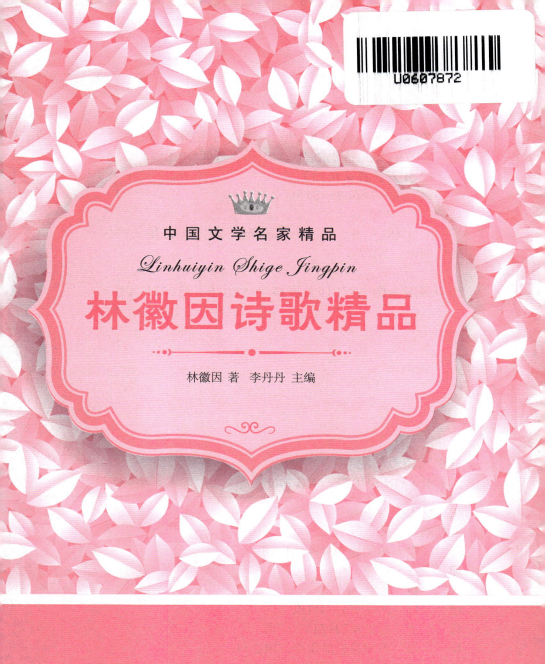

中国文学名家精品

Linhuiyin Shige Jingpin

林徽因诗歌精品

林徽因 著　李丹丹 主编

北方妇女儿童出版社

图书在版编目（CIP）数据

林徽因诗歌精品/林徽因著；李丹丹主编.—长春：北方妇女儿童出版社，2015.1（2021.2重印）
（中国文学名家精品）
ISBN 978-7-5385-8155-3

Ⅰ．①林… Ⅱ．①林… ②李… Ⅲ．①诗集－中国－现代 Ⅳ．①I226

中国版本图书馆CIP数据核字（2015）第007524号

林徽因诗歌精品
LIN HUI YIN SHI GE JING PIN

出　版　人	刘　刚	
责任编辑	吴　桐	
开　　本	700mm×980mm　1/16	
印　　张	9	
字　　数	148千字	
版　　次	2015年5月第1版	
印　　次	2021年2月第3次印刷	
印　　刷	固安县云鼎印刷有限公司	
出　　版	北方妇女儿童出版社	
发　　行	北方妇女儿童出版社	
地　　址	长春市净月开发区龙腾国际大厦A座	
电　　话	总编办：0431-81629592	
定　　价	26.80元	

前　言

　　习近平总书记在文艺座谈会上指出，繁荣文艺创作、推动文艺创新，必须要有大批德艺双馨的文艺名家。我国作家艺术家应该成为时代风气的先觉者、先行者、先倡者，要通过更多有筋骨、有道德、有温度的文艺作品，书写和记录人民的伟大实践、时代的进步要求，彰显信仰之美、崇高之美。

　　是的，当历史跨入21世纪的新时代，我们党发出了实现中国梦的伟大号召，掀起了轰轰烈烈的复兴中国文化的运动。这就要求我们站在时代的前沿，薪火相传，一脉相承，弘扬中国有史以来优秀的、光明的、先进的、科学的、文明的文化，融合古今中外一切文化精华，构建具有中国特色的现代民族文化，向世界和未来展示中华民族的文化力量、文化价值与文化风采。

　　就文学创作而言，就是广大作家要接过近现代中国文学名家传递的笔墨圣火，照亮时代的道路，创造文学的繁荣；广大读者则应吸收近现代中国文学的精神力量，认识过去的时代，投身当代的建设。总之，中国的复兴需要大家添光加彩！

　　回首上世纪初，中国掀起了伟大的反帝反封建的民族解放运动，广大作家以此为崇高历史使命，把文字作为投枪匕首，走在时代最前列，创作了大量优秀的文学作品，发出了代表时代最强音的呐喊，振聋发聩，唤醒广大人民群众，开创了新文化运动，创造了现代文学。

　　中国现代文学是指用现代文学语言与文学形式，表达中国现代思想、感情、心理的文学，是在"五四"新文化运动影响下，广泛接受外国文学影响而形成的新兴文学，产生了极大的历史推动作用。

在新文化运动推动下，广大作家汲取中外文学营养，形成了新的文学形态。他们不仅用白话语言表现现代科学民主思想，而且在艺术形式与表现手法上对传统文学进行深入革新，创建了新的文学体裁。在叙述角度、抒情方式、描写手段以及结构组成等方面，都有全新创造，极具现代特色，成为真正现代意义上的文学。

中国现代文学的主流是人民的文学，广大作家深入火热的战斗生活中，极大加强了文学与民众的结合，文学与进步的社会思潮及民族解放、革命运动的自觉联系，这构成了中国现代文学的基本历史特征与传统。此时的文学，以表现普通民众生活、改造国民性格和社会人生为根本任务。

中国现代文学早期的发展，是在广大作家吸取外来文学营养使之民族化并继承民族传统使之现代化的过程中奠定基础的。对于如何正确对待传统文化与西方外来文化的问题，他们打破了抱残守缺的国粹主义思想，进行了彻底革新，曾对西方各个历史时期的文艺思潮、文学流派，包括各种文学形式、表现手法等，进行了全面介绍与广泛吸收，同时对我国传统文学遗产也进行了重新评价。这对促进思想与艺术的解放，促进文学的现代化，起到了重要作用，从而形成了现代文学的繁荣局面，促进了广大民众的觉醒。

接过20世纪中国文学作家的思想圣火，实现新时代民族文化复兴的中国梦，这是广大作家和读者义不容辞的神圣职责。为此，我们从诗歌、散文、小说三大文学体裁着手，特别编辑了这套《中国文学名家精品》，精选了许多文学名家的精品力作，代表了中国20世纪文学的高度，具有极强的权威性、可读性和艺术性。

这些文学名家，都是中国20世纪现代文学的开拓者和各种文学形式的集大成者，他们的作品来源于他们生活的时代，是那个时代社会生活的缩影，包含了作家本人对社会、生活的体验与思考，影响着社会的发展进程，具有永恒的魅力。他们是我们心灵的工程师，能够指导我们的人生发展，对于复兴中国文化具有深远的启迪作用。

作者简介

　　林徽因（1904—1955）原名林徽音。我国著名女建筑师、诗人、作家。是人民英雄纪念碑和中华人民共和国国徽深化方案的设计者。在文学上，她著有散文、诗歌、小说、剧本、译文等。

　　1904年6月，林徽因出生于浙江杭州，幼年随祖父母居住。5岁时，由大姑母林泽民授课发蒙。8岁时移居上海，进入虹口爱国小学学习。1916年，她因父亲在北洋政府任职，所以全家迁往北京，并就读于英国教会办的北京培华女中。1920年4月，她跟随父亲游历欧洲，在伦敦受到房东女建筑师影响，立下了攻读建筑学的志向。在此期间，她还结识了著名诗人徐志摩，并对新诗产生了浓厚兴趣。1921年，她跟随父亲回国，继续在北京培华女中读书。

　　1924年6月，林徽因和著名学者梁启超的长子梁思成同时赴美攻读建筑学。1925年，她与文学家闻一多、散文家梁实秋、建筑学家梁思成等筹建"中华戏剧改进社"，参加演出交流戏剧艺术。1928年春，她同梁思成结婚。同年8月，夫妻偕同回国，一起受聘于东北大学建筑系。

　　1928年至1930年，林徽因设计了吉林西站，并由梁思成审核建造而成。1931年，她受聘于北平中国营造学社。第二年，她为北平大学设计了地质馆和灰楼学生宿舍。同年4月，她创作了第一首诗《谁爱这不息的变幻》。以后几年中，她又在《诗刊》《文学杂志》等，先后发表了几十篇作品。

　　1948年5月，她在《文学杂志》发表了《病中杂诗》9首。1950年，她被特邀参加全国政协一届二次会议，并被任命为北京市都市计划委员会委员兼工程师，她提出了修建"城墙公园"的设想。

1953年10月，林徽因当选为建筑学会理事，并任《建筑学报》编委，被邀参加第二届全国文代会。1954年6月，她被选为北京市人民代表大会代表。1955年，她因肺结核久治不愈，病逝于同仁医院，安葬在八宝山革命公墓，墓碑是其亲自为人民英雄纪念碑设计的花环刻样。

林徽因与梁思成一起用现代科学方法研究我国古代建筑，成为我国这个学术领域的开拓者，后来在这方面获得了巨大的学术成就，为我国古代建筑研究奠定了坚实的科学基础。她与梁思成合作撰写了《城市规划大纲》《中国建筑发展的历史阶段》等学术论文。为《新观察》等刊物撰写了10多篇介绍我国古建筑的通俗读物。她发表的有关建筑的论文，主要有《论中国建筑之几个特征》《平郊建筑杂录》《清式营造则例》第一章绪论《晋汾古建筑预查纪略》《由天宁寺谈到建筑年代的鉴别问题》《中国建筑史》《中国建筑发展的历史阶段》等。

在文学方面，林徽因著述甚多，包括《你是人间的四月天》《九十九度中》《林徽因诗集》《那一晚》《谁爱这不息的变幻》《仍然》《激昂》《一首桃花》《山中一个夏夜》《笑》《深夜里听到乐声》《情愿》《窘》《一天》《激昂》《昼梦》《冥想》《梅真同他们》《窗子以外》《一片阳光》等。

在林徽因的著作中，建筑学家的科学精神和作家的文学气质浑然一体。她的学术论文和调查报告，不仅有严谨的科学内容，而且用诗一般的语言描绘和赞美祖国古建筑在技术和艺术方面的精湛成就，使文章充满诗情画意。而在文学作品中，她也常用古建筑的形象作比喻，如《深笑》一诗中，她就以古塔檐边无数风铃转动的声音，比喻笑声的清脆悦耳，直上云天，既贴切，又新颖，别具一格。由于她兼通文理，在建筑学和文学创作上都显露出惊人的才华，所以在20世纪30年代，她就享有"一代才女"的美誉。

林徽因 诗歌精品 【目录】

第一辑

笑 / 002

深夜里听到乐声 / 003

情　愿 / 005

仍　然 / 007

山中一个夏夜 / 009

激　昂 / 011

一首桃花 / 013

莲　灯 / 015

中夜钟声 / 017

年　关 / 019

你是人间的四月天 / 021

忆 / 023

城楼上 / 024

风　筝 / 026

深　笑 / 028

记　忆 / 030

题剔空菩提叶 / 032

黄昏过泰山 / 033

静　坐 / 034

时　间 / 035

哭三弟恒 / 036

林徽因

诗歌精品

【目录】

第二辑

微 光 / 040

给秋天 / 042

人 生 / 044

展 缓 / 046

八月的忧愁 / 048

雨后天 / 049

无 题 / 050

秋天，这秋天 / 052

别丢掉 / 056

谁爱这不息的变幻 / 058

那一晚 / 059

一串疯话 / 061

昆明即景 / 062

过杨柳 / 065

昼 梦 / 066

六点钟在下午 / 068

小诗两首 / 069

恶劣的心绪 / 071

写给我的大姊 / 073

一 天 / 075

对残枝 / 076

林徽因 诗歌精品【目录】

第三辑

对北门街园子 / 078

十一月的小村 / 079

忧　郁 / 081

灵　感 / 082

前　后 / 084

古城春景 / 085

吊玮德 / 086

静　院 / 089

冥　思 / 092

空想（外四章）/ 093

你来了 / 094

藤花前—独过静心斋 / 095

红叶里的信念 / 097

我们的雄鸡 / 102

山　中 / 103

十月独行 / 104

去　春 / 105

除夕看花 / 106

日　子 / 108

古城黄昏 / 109

桥 / 111

孤　岛 / 113

死是安慰 / 114

林徽因

诗歌精品

【目录】

附　录

附一 散文诗 / 116

窗子以外 / 116

蛛丝和梅花 / 123

附二 译作：童话散文诗 / 127

夜莺与玫瑰 / 127

林徽因 诗歌精品

【第一辑】

笑

笑的是她的眼睛,口唇,
和唇边浑圆的漩涡。
艳丽如同露珠,
朵朵的笑向
贝齿的闪光里躲。
那是笑——神的笑,美的笑;
水的映影,风的轻歌。

笑的是她惺忪的鬈发,
散乱的挨着她的耳朵。
轻软如同花影
痒痒的甜蜜
涌进了你的心窝。
那是笑——诗的笑,画的笑:
云的留痕,浪的柔波。

（发表于1931年9月《新月诗选》）

深夜里听到乐声

这一定又是你的手指，
轻弹着，
在这深夜，稠密的悲思；

我不禁颊边泛上了红，
静听着，
这深夜里弦子的生动。

一声听从我心底穿过，
忒凄凉
我懂得，但我怎能应和？

生命早描定她的式样
太薄弱
是人们的美丽的想象。

除非在梦里有这么一天，

你和我

同来攀动那根希望的弦。

（发表于1931年9月《新月诗选》）

情　愿

我情愿化成一片落叶，
让风吹雨打到处飘零；
或流云一朵，在澄蓝天，
和大地再没有些牵连。

但抱紧那伤心的标志，
去触遇没着落的怅惘；
在黄昏，夜半，蹑着脚走，
全是空虚，再莫有温柔；

忘掉曾有这世界；有你；
哀悼谁又曾有过爱恋；
落花似的落尽，忘了去
这些个泪点里的情绪。

到那天一切都不存留，

比一闪光，一息风更少

痕迹，你也要忘掉了我

曾经在这世界里活过。

（发表于1931年9月《新月诗选》）

仍 然

你舒伸得像一湖水向着晴空里
白云，又像是一流冷涧，澄清
许我循着林岸穷究你的泉源；
我却仍然怀抱着百般的疑心
对你的每一个映影！

你展开像个千瓣的花朵！
鲜妍是你的每一瓣，更有芳沁，
那温存袭人的花气，伴着晚凉；
我说花儿，这正是春的捉弄人，
来偷取人们的痴情！

你又学叶叶的书篇随风吹展，
揭示你的每一个深思；每一角心境，

你的眼睛望着我，不断的在说话：
我却仍然没有回答，一片的沉静
永远守住我的魂灵。

（发表于1931年9月《新月诗选》）

山中一个夏夜

山中一个夏夜，深得
像没有底一样；
黑影，松林密密的；
周围没有点光亮。
对山闪着只一盏灯——两盏
像夜的眼，夜的眼在看！

满山的风全蹑着脚
像是走路一样；
躲过了各处的枝叶
各处的草，不响。
单是流水，不断的在山谷上
石头的心，石头的口在唱。
虫鸣织成那一片静，

寂寞像垂下的帐幔；

仲夏山林在内中睡着，

幽香四下里浮散。

黑影枕着黑影，默默的无声，

夜的静，却有夜的耳在听！

（发表于1933年6月《新月》4卷7期）

激 昂

我要借这一时的豪放

和从容，灵魂清醒的

在喝一泉甘甜的鲜露，

来挥动思想的利剑，

舞它那一瞥最敏锐的

锋芒，像皑皑塞野的雪

在月的寒光下闪映，

喷吐冷激的辉艳：——斩，

斩断这时间的缠绵，

和猥琐网布的纠纷，

剖取一个无瑕的透明，

看一次你，纯美，

你的裸露的庄严。

……

然后踩登

任一座高峰，攀牵着白云

和锦样的霞光，跨一条

长虹，瞰临着澎湃的海，

在一穹匀静的澄蓝里，

书写我的惊讶与欢欣，

献出我最热的一滴眼泪，

我的信仰，至诚，和爱的力量，

永远膜拜，

膜拜在你美的面前！

5月，香山

（发表于1931年9月《北斗》创刊号）

一首桃花

桃花，

那一树的嫣红，

像是春说的一句话；

朵朵露凝的娇艳，

是一些

玲珑的字眼，

一瓣瓣的光致，

又是些

柔的匀的吐息；

含着笑，

在有意无意间

生姿的顾盼。

看——

那一颤动在微风里

她又留下，淡淡的，

在三月的薄唇边，

一瞥，

一瞥多情的痕迹！

二十年五月，香山

（载一九三一年十月《诗刊》第三期）

莲 灯

如果我的心是一朵莲花，
正中擎出一支点亮的蜡，
荧荧虽则单是那一剪光，
我也要它骄傲的捧出辉煌，
不怕它只是我个人的莲灯，
照不见前后崎岖的人生——
浮沉它依附着人海的浪涛
明暗自成了它内心的秘奥。
单是那光一闪花一朵——
像一叶轻舸驶出了江河——
宛转它飘随命运的波涌
等候那阵阵风向远处推送。
算做一次过客在宇宙里，
认识这玲珑的生从容的死，

这飘忽的途程也就是个——

也就是个美丽美丽的梦。

二十一年七月半，香山

（载一九三三年三月《新月》四卷六期）

中夜钟声

钟声
　敛住又敲散
　　一街的荒凉
听——
　那圆的一颗颗声响，
　直沉下时间
　　静寂的
　　咽喉。

　　像哭泣，
　　像哀恸，
将这僵黑的
中夜
　葬入

那永不见曙星的

　　空洞——

轻——重……

　　——重——轻……

过摇曳的一声声，

　　又凭谁的主意

　　把那余剩的忧惶

随着风冷——

　　　　纷纷

　　　　掷给还不成梦的

　　　　　　　　人。

　　　　（载一九三三年三月《新月》四卷六期）

年　关

那里来，又向那里去，
这不断，不断的行人，
奔波杂遝的，这车马？
红的灯光，绿的紫的，
织成了这可怕，还是
可爱的夜？高的楼影
渺茫天上，都象征些
什么现象？这噪聒中
为什么又凝着这沉静；
这热闹里，会是凄凉？

这是年关，年关，有人
由街头走着，估计着，
孤零的影子斜映着。

一年，又是一年辛苦，
一盘子算珠的艰和难。
日中你敛住气，夜里，
你喘，一条街，一条街。
跟着太阳灯光往返——
人和人，好比水在流
人是水，两旁楼是山！

一年，一年，
连年里，这穿过城市
胸脯的辛苦，成千万，
成千万人流的血汗，
才会造成了像今夜
这神奇可怕的灿烂!
看，街心里横一道影
灯盏上开着血印的花
夜在凉雾和尘沙中
进展，展进，许多口里
在喘着年关，年关……

二十三年废历除夕

（载一九三四年二月二十一日《大公报·文艺副刊》）

你是人间的四月天

——句爱的赞颂

我说你是人间的四月天，
笑响点亮了四面风；
轻灵在春的光艳中交舞着变。

你是四月早天里的云烟，
黄昏吹着风的软，星子在
无意中闪，细雨点洒在花前。

那轻，那娉婷，你是，
鲜妍百花的冠冕你戴着，

你是天真，庄严，

你是夜夜的月圆。

雪化后那片鹅黄，你像；

新鲜初放芽的绿，你是；

柔嫩喜悦水光浮动着你梦期待中白莲。

你是一树一树的花开，

是燕在梁间呢喃，

——你是爱，是暖，

是希望，

你是人间的四月天！

（发表于1934年4月5日《学文》）

忆

新年等在窗外，一缕香，
枝上刚放出一半朵红。
心在转，你曾说过的
几句话，白鸽似的盘旋。

我不曾忘，也不能忘
那天的天澄清的透蓝，
太阳带点暖，斜照在
每棵树梢头，像凤凰。

是你在笑，仰脸望，
多少勇敢话那天，你我
全说了——像张风筝
向蓝穹，凭一线力量。

二十二年年岁终
（载一九三四年六月《学文》一卷二期）

城楼上

你说什么?
鸭子，太阳，
城墙下那护城河?
——我?
我在想，
——不是不在听——
想怎样
从前……
——
对了，
也是秋天!

你也曾去过，
你?那小树林?

还记得么；

山窝，红叶像火？

映影

湖心里倒浸，

那静？

天!……

（今天的多蓝，你看！）

白云，

像一缕烟。

谁又啰嗦？

你爱这里城墙，

古墓，长歌，

蔓草里开野花朵。

好，我不再讲

从前的，单想

我们在古城楼上

今天——

白鸽，

（你准知道是白鸽？）

飞过面前。

二十四年十月

（载一九三五年十一月八日《大公报·文艺副刊》）

风　筝

看，那一点美丽
会闪到天空！
几片颜色，
挟住双翅，
心，缀一串红。

飘摇，它高高的去，
逍遥在太阳边
太空里闪
一小片脸，
但是不，你别错看了
错看了它的力量。
天地间认得方向！
它只是

轻的一片，

一点子美

像是希望，又像是梦；

一长根丝牵住

天穹，渺茫——

高高推着它舞去，

白云般飞动，

它也猜透了不是自己，

它知道，知道是风！

正月十一日

（载一九三六年二月十四日《大公报·文艺副刊》）

深　笑

是谁笑得那样甜，那样深，
那样圆转？一串一串明珠
大小闪着光亮，迸出天真！
清泉底浮动，泛流到水面上，
灿烂，
分散！

是谁笑得好花儿开了一朵？
那样轻盈，不惊起谁。
细香无意中，随着风过，
拂在短墙，丝丝在斜阳前
挂着
留恋。

是谁笑成这百层塔高耸，

让不知名鸟雀来盘旋？是谁

笑成这万千个风铃的转动，

从每一层琉璃的檐边

摇上

云天？

（发表于1936年1月5日《大公报·文艺副刊》）

记 忆

断续的曲子，最美或最温柔的
夜，带着一天的星。
记忆的梗上，谁不有
两三朵娉婷，披着情绪的花
无名的展开
野荷的香馥，
每一瓣静处的月明。

湖上风吹过，头发乱了，或是
水面皱起像鱼鳞的锦。
四面里的辽阔，如同梦
荡漾着中心彷徨的过往
不着痕迹，谁都
认识那图画，

沉在水底记忆的倒影！

二十五年二月

（发表于1936年3月22日《大公报·文艺副刊》）

题剔空菩提叶

认得这透明体，
智慧的叶子掉在人间？
消沉，慈净——
那一天一闪冷焰，
一叶无声的坠地，
仅证明了智慧寂寞
孤零的终会死在风前！
昨天又昨天，美
还逃不出时间的威严；
相信这里睡眠着最美丽的
骸骨，一丝魂魄月边留念
……
菩提树下清荫则是去年！

二十五年四月二十三日

（发表于1936年5月17日《大公报·文艺副刊》）

黄昏过泰山

记得那天

心同一条长河，

让黄昏来临，

月一片挂在胸襟。

如同这青黛山，

今天，

心是孤傲的屏障一面；

葱郁，

不忘却晚霞，

苍莽，

却听脚下风起，

来了夜——

（发表于1936年7月19日《大公报·文艺副刊》）

静坐

冬有冬的来意
寒冷像花——
花有花香，冬有回忆一把。
一条枯枝影，青烟色的瘦细，
在午后的窗前拖过一笔画；
寒里日光淡了，渐斜……
就是那样的
像待客人说话
我在静沉中默啜着茶。

二十五年冬十一月

（发表于1937年1月31日《大公报·文艺副刊》）

时　间

人间的季候永远不断在转变
春时你留下多处残红，翩然辞别
本不想回来时同谁叹息秋天！

现在连秋云黄叶又已失落去
辽远里，剩下灰色的长空一片
透彻的寂寞，你忍听冷风独语？

（发表于1937年3月14日《大公报·文艺副刊》）

哭三弟恒

——三十年空战阵亡

弟弟，我没有适合时代的语言
来哀悼你的死；
它是时代向你的要求，
简单的，你给了。
这冷酷简单的壮烈是时代的诗，
这沉默的光荣是你。

假使在这不可免的真实上
多给了悲哀，我想呼喊，
那是——你自己也明了——

因为你走得太早，

太早了，弟弟，难为你的勇敢，

机械的落伍，你的机会太惨！

三年了，你阵亡在成都上空，

这三年的时间所做成的不同，

如果我向你说来，你别悲伤，

因为多半不是我们老国，

而是他人在时代中碾动，

我们灵魂流血，炸成了窟窿。

我们已有了盟友、物资同军火，

正是你所曾经希望过。

我记得，记得当时我怎样同你

讨论又讨论，点算又点算，

每一天你是那样耐性的等着，

每天却空的过去，慢得像骆驼！

现在驱逐机已非当日你最想望

驾驶的"老鹰式七五"那样——

那样笨，那样慢，啊，弟弟不要伤心，

你已做到你们所能做的，

别说是谁误了你，是时代无法衡量，

中国还要上前，黑夜在等天亮。

弟弟，我已用这许多不美丽言语

算是诗来追悼你，

要相信我的心多苦，喉咙多哑，

你永不会回来了，我知道，

青年的热血做了科学的代替；
中国的悲怆永沉在我的心底。

啊，你别难过，难过了我给不出安慰，
我曾每日那样想过了几回：
你已给了你所有的，同你去的弟兄
也是一样，献出你们的生命；
已有的年轻一切：将来还有的机会，
可能的壮年工作，老年的智慧；

可能的情爱，家庭，儿女，及那所有
生的权利，喜悦；及生的纠纷！
你们给的真多，都为了谁？你相信
今后中国多少人的幸福要在
你的前头，比自己要紧；那不朽
中国的历史，还需要在世上永久。

你相信，你也做了，最后一切你交出。
我既完全明白，为何我还为着你哭？
只因你是个孩子却没有留什么给自己，
小时我盼着你的幸福，战时你的安全，
今天你没有儿女牵挂需要抚恤同安慰，
而万千国人像已忘掉，你死是为了谁！

三十三年　李庄

（发表于1948年5月《文学杂志》第2卷12期）

林徽因

诗歌精品

【第二辑】

微 光

街上没有光，没有灯，
店廊上一角挂着有一盏；
他和她把他们一家的运命
含糊的，全数交给这黯淡。

街上没有光，没有灯，
店窗上，斜角，照着有半盏。
合家大小朴实的脑袋，
并排儿，熟睡在土炕上。

外边有雪夜；有泥泞；
沙锅里有不够明日的米粮；
小屋，静守住这微光，
缺乏着生活上需要的各样。

缺的是把干柴；是杯水；麦面….
为这吃的喝的，本说不到信仰——
生活已然，固定的，单靠气力，
在肩臂上边，来支持那生的胆量。

明天，又明天，又明天……
一切都限定了，谁还说希望——
实时是做梦，在梦里，闪着，
仍就是这一粒孤勇的光亮？
街角里有盏灯，有点光，
挂在店廊；照在窗槛；
他和她，把他们一家的运命
明白的，全数交给这凄惨。

给秋天

正与生命里一切相同
我们爱得太是匆匆；
好像只是昨天，
你还在我的窗前！

笑脸向着晴空
你的林叶笑声里染红
你把黄光当金子般散开
稚气，豪侈，你没有悲哀。

你的红叶是亲切的牵绊，那零乱
每早必来缠住我的晨光。
我也吻你，不顾你的背影隔过玻璃！
你常淘气的闪过，却不对我忸怩。

可是我爱得多么疯狂，
竟未觉察凄厉的夜晚
已在背后尾随——
等候着把你残忍的摧毁！

一夜呼号的风声
果然没有把我惊醒
等到太晚的那个早晨
啊，天！你已经不见了踪影。

我苛刻的咒诅自己
但现在有谁走过这里
除却严冬铁样长脸
阴雾中，偶然一见。

人　生

人生，
你是一支曲子，
我是歌唱的；

你是河流
我是条船，一片小白帆
我是个行旅者的时候，
你，田野，山林，峰峦。

无论怎样，
颠倒密切中牵连着
你和我，
我永从你中间经过；
我生存，

你是我生存的河道，
理由同力量。
你的存在
则是我胸前心跳里
万色的绚彩
但我们彼此交错
并未彼此留难。
……
现在我死了，
你——
我把你再交给他人负担！

展 缓

当所有的情感
都并入一股哀怨
如小河，大河，汇向着
无边的大海——不论
怎么冲急，怎样盘旋，
那河上劲风，大小石卵，
所做成的几处逆流，
小小港湾，就如同
那生命中，无意的宁静
避开了主流；情绪的
平波越出了悲愁。
停吧，这奔驰的血液；
它们不必全然废弛的
都去造成眼泪。

不妨多几次辗转，溯洄流水，

任凭眼前这一切缭乱，

这所有，去建筑逻辑。

把绝望的结论，稍稍

迟缓；拖延时间——

拖延理智的判断——

会再给纯情感一种希望！

（发表于1947年5月4日《大公报·星期文艺》）

八月的忧愁

黄水塘里游着白鸭，
高粱梗油青的刚高过头，
这跳动的心怎样安插，
田里一窄条路，八月里这忧愁？

天是昨夜雨洗过的，山岗
照着太阳又留一片影；
羊跟着放羊的转进村庄，

一大棵树荫下罩着井，又像是心！
从没有人说过八月什么话，
夏天过去了，也不到秋天。
但我望着田垄，土墙上的瓜，
仍不明白生活同梦怎样的连牵。

二十五年夏

（发表于1936年9月30日《大公报·文艺副刊》）

雨后天

我爱这雨后天，
这平原的青草一片！
我的心没底止的跟着风吹，
风吹：
吹远了香草，落叶，
吹远了一缕云，像烟——
像烟。

二十一年十月一日

（发表于1936年3月15日《大公报·文艺副刊》）

无 题

什么时候再能有
那一片静；
溶溶在春风中立着，
面对着山，面对着小河流？

什么时候还能那样
满掬着希望；
披拂新绿，耳语似的诗思，
登上城楼，更听那一声钟响？

什么时候，又什么时候，心
才真能懂得
这时间的距离；山河的年岁；
昨天的静，钟声

昨天的人

怎样又在今天里划下一道影！

二十五年春四月

（发表于1936年5月4日《大公报·文艺副刊》）

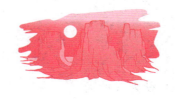

秋天，这秋天

这是秋天，秋天

风还该是温软；

太阳仍笑着那微笑，

闪着金银，夸耀

他实在无多了的

最奢侈的早晚！

这里那里，在这秋天，

斑彩错置到各处

山野，和枝叶中间，

像醉了的蝴蝶，或是

珊瑚珠翠，华贵的先散，

缤纷降落到地面上。

这时候心得像歌曲，

由山泉的水光里闪动，

浮山珠沫，溅开
山石的喉噪唱。
这时候满腔的热情
全是你的，秋天懂得，
秋天懂得那狂放——
秋天爱的是那不经意
不经意的凌乱！
但是秋天，这秋天，
他撑着梦一般的喜筵
不为的是你的欢欣：
他撒开手，一掬璎珞，
一把落花似的幻变，
还为的是那不定的
悲哀，归根儿蒂结住
在这人生的中心！
一阵萧萧的风，起自
昨夜西窗的外沿，
摇着梧桐树哭——
起始你怀疑着：
荷叶还没有残败；
小划子停在水流中间；
夏夜的细语，夹着虫鸣，
还信得过仍然偎着
耳朵旁温甜；
但是梧桐叶带来桂花香，
已打到灯盏的光前。
一切都两样了，他闪一闪说，
只要一夜的风，一夜的幻变。

冷雾迷住我的两眼，

在这样的深秋里，

你又同谁争？现实的背面

是不是现实，荒诞的，

果属不可信的虚妄？

疑问抵不住简单的残酷，

再别要悯惜流血的哀惶，

趁一次里，要认清

造物更是摧毁的工匠。

信仰只一细炷香，

那点子亮再经不起西风

沙沙的隔着梧桐树吹！

如果你忘不掉，忘不掉

那同听过的鸟啼；

同看过的花好，信仰

该在过往的中间安睡……

秋天的骄傲是果实，

不是萌芽——生命不容你

不献出你积累的馨芳；

交出受过光热的每一层颜色；

点点沥尽你最难堪的酸怆。

这时候，

切不用哭泣；或是呼唤；

更用不着闭上眼祈祷；

（向着将来的将来空等盼）；

只要低低的，在静里，低下去

已困倦的头来承受——承受

这叶落了的秋天

听风扯紧了弦索自歌挽：

这夜，这夜，这惨的变换！

二十二年十一月中旬

（发表于1933年11月18日《大公报·文艺副刊》）

别丢掉

别丢掉

这一把过往的热情，

现在流水似的，

轻轻

在幽冷的山泉底，

在黑夜，在松林，

叹息似的渺茫，

你仍要保持着那真！

一样是明月，

一样是隔山灯火，

满天的星，

只使人不见，

梦似的拉起，

你问黑夜要回

那一句话——你仍得相信

山谷中留着

有那回音！

二十一年夏

（发表于1936年3月15日《大公报·文艺副刊》）

谁爱这不息的变幻

谁爱这不息的变幻，她的行径？
催一阵急雨，抹一天云霞，月亮，
星光，日影，在在都是她的花样，
更不容峰峦与江海偷一刻安定。
骄傲的，她奉着那荒唐的使命：
看花放蕊树凋零，娇娃做了娘；
叫河流凝成冰雪，天地变了相；
都市喧哗，再寂成广漠的夜静！
虽说千万年在她掌握中操纵，
她不曾遗忘一丝毫发的卑微。
难怪她笑永恒是人们造的谎，
来抚慰恋爱的消失，死亡的痛。
但谁又能参透这幻化的轮回，
谁又大胆地爱过这伟大的变幻？

香山，四月十二日

（发表于1931年4月《诗刊》第2期）

那一晚

那一晚我的船推出了河心，
澄蓝的天上托着密密的星。
那一晚你的手牵着我的手，
迷惘的星夜封锁起重愁。
那一晚你和我分定了方向，
两人各认取个生活的模样。

到如今我的船仍然在海面飘，
细弱的桅杆常在风涛里摇。
到如今太阳只在我背后徘徊，
层层的阴影留守在我周围。
到如今我还记着那一晚的天，
星光、眼泪、白茫茫的江边！
到如今我还想念你岸上的耕种：
红花儿黄花儿朵朵的生动。

那一天我希望要走到了顶层，

蜜一般酿出那记忆的滋润。

那一天我要跨上带羽翼的箭，

望着你花园里射一个满弦。

那一天你要听到鸟般的歌唱，

那便是我静候着你的赞赏。

那一天你要看到零乱的花影，

那便是我私闯入当年的边境！

（发表于1931年4月《诗刊》第2期　署名：尺棰）

一串疯话

好比这树丁香，几枝山红杏，
相信我的心里留着有一串话，
绕着许多叶子，青青的沉静，
风露日夜，只盼五月来开开花！

如果你是五月，八百里为我吹开
蓝空上霞彩，那样子来了春天，
忘掉膈腆，我定要转过脸来，
把一串疯话全说在你的面前！

发表于1948年2月22日

《经世日报·文艺周刊》第58期

昆明即景

一、茶铺

这是立体的构画，
描在这里许多样脸
在顺城脚的茶铺里
隐隐起喧腾声一片。

各种的姿势，生活
刻划着不同方面：
茶座上全坐满了，笑的，
皱眉的，有的抽着旱烟。
老的，慈祥的面纹，

年轻的，灵活的眼睛，
都暂要时间茶杯上
停住，不再去扰乱心情！

一天一整串辛苦，
此刻才赚回小把安静，
夜晚回家，还有远路，
白天，谁有工夫闲看云影？
不都为着真的口渴，
四面窗开着，喝茶，
跷起膝盖的是疲乏，
赤着臂膀好同乡邻闲话。

也为了放下扁担同肩背
向命运喘息，倚着墙，
每晚靠这一碗茶的生趣
幽默估量生的短长……

这是立体的构画，
设色在小生活旁边，
荫凉南瓜棚下茶铺，
热闹照样的又过了一天！

二、小楼

张大爹临街的矮楼，
半藏着，半挺着，立在街头，
瓦覆着它，窗开一条缝，

夕阳染红它，如写下古远的梦。

矮檐上长点草，也结过小瓜，
破石子路在楼前，无人种花，
是老坛子，瓦罐，大小的相伴；
尘垢列出许多风趣的零乱。

但张大爹走过，不吟咏它好；
大爹自己（上年纪了）不相信古老，
他拐着杖常到隔壁去沽酒，
宁愿过桥，上堤去看新柳！

（发表于1948年2月23日

《经世日报·文艺周刊》第58期）

过杨柳

反复的在敲问心同心，
彩霞片片已烧成灰烬；
街的一头到另一条路，

同是个黄昏扑进尘土。
愁闷压住所有的新鲜，
奇怪街边此刻还看见，
混沌中浮出光妍的纠纷，
死色楼前垂一棵杨柳。

二十五年十月一日

（发表于1936年11月1日《大公报·文艺副刊》）

昼　梦

昼梦

垂着纱，

无从追寻那开始的情绪

还未曾开花；

柔韧得像一根

乳白色的茎，缠住

纱帐下；银光

有时映亮，去了又来

盘盘丝络

一半失落在梦外。

花竟开了，开了；

零落的攒集，

从容的舒展。

一朵，那千百瓣！

抖擞那不可言喻的

刹那情绪，

庄严峰顶——

天上一颗星……

晕紫，深赤，

天空外旷碧，

是颜色同颜色浮溢，腾飞……

深沉，

又凝定——

悄然香馥，

袅娜一片静。

昼梦

垂着纱，

无从追踪的情绪

开了花，

四下里香深，

低覆着禅寂；

间或游丝似的摇移，

倏忽一重影，

悲哀或不悲哀

全是无名，

一闪娉婷。

二十五年暑中北平

（发表于1936年8月30日《大公报·文艺副刊》）

六点钟在下午

用什么来点缀

六点钟在下午？

六点钟在下午

点缀在你生命中，

仅有仿佛的灯光，

褪败的夕阳，窗外

一张落叶在旋转！

用什么来陪伴

六点钟在下午？

六点钟在下午

陪伴着你在暮色里闲坐

等光走了，影子变换，

一支烟，为小雨点

继续着，无所盼望！

（发表于1948年2月22日《经世日报·文艺周刊》第58期）

小诗两首

一

感谢生命的讽刺嘲弄着我，
会唱的喉咙哑成了无言的歌。
一片轻纱似的情绪，本是空灵
现时上面全打着拙笨补丁。

肩头上先是挑起两担云彩，
带着光辉要在从容天空里安排
如今黑压压沉下现实的真相，
灵魂同饥饿的脊梁将一起压断

我不敢问生命现在人该当如何
喘气！经验已如旧鞋底的穿破，

这纷歧道路上，石子和泥土模糊，
还是赤脚方便，去认取新的辛苦。

二

小蚌壳里有所有的颜色；
整一条虹藏在里面。
绚彩的存在是他的秘密，
外面没有夕阳，也不见雨点。

黑夜天空上只一片渺茫；
整宇宙星斗那里闪亮，
远距离光明如无边海面，
是每小粒晶莹，给了你方向。

恶劣的心绪

我病中，这样缠住忧虑和烦扰，
好像西北冷风，从沙漠荒原吹起，
逐步吹入黄昏街头巷尾的垃圾堆；
在霉腐的琐屑里寻讨安慰，
自己在万物消耗以后的残骸中惊骇，
又一点一点给别人扬起可怕的尘埃！

吹散记忆正如陈旧的报纸飘在各处徬徨，
破碎支离的记录只颠倒提示过去的骚乱。
多余的理性还像一只饥饿的野狗
那样追着空罐同肉骨，自己寂寞的追着
咬嚼人类的感伤；生活是什么都还说不上来，
摆在眼前的已是这许多渣滓！

我希望：风停了；今晚情绪能像一场小雪，
沉默的白色轻轻降落地上；
雪花每片对自己和他人都带一星耐性的仁慈，
一层一层把恶劣残破和痛苦的一起掩藏；
在美丽明早的晨光下，焦心暂不必再有——
绝望要来时，索性是雪后残酷的寒流！

三十六年十二月病中动手术前

写给我的大姊

当我去了，还有没说完的话，
好像客人去后杯里留下的茶；
说的时候，同喝的机会，都已错过，
主客黯然，可不必再去惋惜它。
如果有点感伤，你把脸掉向窗外，
落日将尽时，西天上，总还留有晚霞

一切小小的留恋算不得罪过，
将尽未尽的衷曲也是常情。
你原谅我有一堆心绪上的闪躲，
黄昏时承认的，否认等不到天明
有些话自己也还不曾说透，
他人的了解是来自直觉的会心。
当我去了，还有没说完的话，

像钟敲过后，时间在悬空里暂挂，
你有理由等待更美好的继续：
对忽然的终止，你有理由惧怕。
但原谅吧，我的话语永远不能完全
亘古到今情感的矛盾做成了嘶哑。

一　天

今天十二个钟头，

是我十二个客人，

每一个来了，又走了，

最后夕阳拖着影子也走了！

我没有时间盘问我自己胸怀，

黄昏却蹑着脚，好奇的偷着进来

我说：朋友，这次我可不对你诉说啊，

每次说了，伤我一点骄傲。

黄昏黯然，无言的走开，

孤单的，沉默的，我投入夜的怀抱

三十一年春，李庄

对残枝

梅花你这些残了后的枝条，
是你无法诉说的哀愁！
今晚这一阵雨点落过以后，
我关上窗子又要同你分手。

但我幻想夜色安慰你伤心，
下弦月照白了你，最是同情，
我睡了，我的诗记下你的温柔
你不妨安心放芽去做成绿荫。

林徽因

诗歌精品

【第三辑】

对北门街园子

别说你寂寞；大树拱立，
草花烂漫，一个园子永远
睡着；没有脚步的走响。

你树梢盘着飞鸟，每早云天
吻你额前，每晚你留下对话
正是西山最好的夕阳。

---

① 写于一九四六年昆明。——梁从诚注

十一月的小村

我想象我在轻轻的独语：
十一月的小村外是怎样个去处？
是这渺茫江边淡泊的天，
是这映红了的叶子疏疏隔着雾；
是乡愁，是这许多说不出的寂寞
还是这条独自转折来去的山路？
是村子迷惘了，绕出一丝丝青烟：
是那白沙一片篁竹围着的茅屋？
是枯柴爆裂着灶火的声响，
是童子缩颈落叶林中的歌唱？
是老农随着耕牛，远远过去，
还是那坡边零落在吃草的牛羊？
是什么做成这十一月的心，
十一月的灵魂又是谁的病？

山坳子叫我立住的仅是一面黄土墙

下午通过云霾那点子太阳：

一棵野藤绊住一角老墙头，斜睨

两根青石架起的大门，倒在路旁

无论我坐着，我又走开，

我都一样心跳；我的心前

虽然烦乱，总像绕着许多云彩，

但寂寂一湾水田，这几处荒坟，

它们永说不清谁是这一切主宰

我折一根竹枝，看下午最长的日影

要等待十一月的回答微风中吹来。

三十三年初冬，李庄

忧 郁

忧郁自然不是你的朋友：
但也不是你的敌人，你对他不能冤屈！
他是你强硬的债主，你呢？是
把自己灵魂压给他的赌徒。

你曾那样拿理想赌博，不幸
你输了；放下精神最后保留的田产。
最有价值的衣裳，然后一切你都
赔上，连自己的情绪和信仰，那不是自然？

你的债权人他是，那么，别尽问他脸貌
到底怎样！呀天，你如果一定要看清
今晚这里有盏小灯，灯下你无妨同他
面对面，你是这样的绝望，他是这样无情！

灵　感

是你，是花，是梦，打这儿过

此刻像风在摇动着我

告诉日子重叠盘盘的山窝；

清泉潺潺流动转狂放的河；

孤僻林里闲开着鲜妍花，

细香常伴着圆月静天里挂；

且有神仙纷纭的浮出紫烟，

衫裾飘忽映影在山溪前；

给人的理想和理想上

铺香花，叫人心和心合着唱

直到灵魂舒展成条银河，

长长流在天上一千首歌！

是你，是花，是梦，打这里儿过

此刻像风，在摇动着我；

告诉日子是这样的不清醒；

当中偏响着想不到的一串铃，

树枝里轻声摇曳；金镶上翠，

低了头的斜阳，又一抹光辉。

难怪阶前人忘掉黄昏，脚下草

高阁古松，望着天上点骄傲：

留下檀香，木鱼，合掌

在神龛前，在蒲团上，

楼外又楼外，幻想彩霞却缀成

凤凰栏杆，挂起了塔顶上灯！

二十四年十月徽因作于北平（据手稿）

前　后

河上不沉默的船
载着人过去了；
桥——三环洞的桥基
上面再添了足迹；
早晨，
早又到了黄昏，
这赓续
绵长的路……

不能问谁
想望的终点——
没有终点
这前面。
背后，
历史是片累赘

（发表于1937年5月16日《大公报·文艺副刊》）

古城春景

时代把握不住时代自己的烦恼——

轻率的不满，就不叫它这时代牢骚——

偏又流成愤怨，聚一堆黑色的浓烟

喷出烟囱，那矗立的新观念，在古城楼对面

怪得这嫩灰色一片，带疑问的春天

要泥黄色风沙，顺着白洋灰街沿，

再低着头去寻觅那已失落了的浪漫

到蓝布棉帘子，万字栏杆，仍上老店铺门槛？

寻去，不必有新奇的新发现，旧有保障

即使古老些，需要弱翠色甘蔗作拐杖

来支撑城墙下小果摊，那红鲜的冰糖葫芦

仍然光耀，串串如同白珊瑚，还不怕新时代的尘土。

（发表于1937年4月《新诗》第2卷1期）

吊玮德

玮德，是不是那样，
你觉到乏了，有点儿
不耐烦，
并不为别的缘故
你就走了，
向着哪一条路？
玮德你真是聪明；
早早的让花开过了
那顶鲜妍的几朵，
就选个这样春天的清晨，
挥一挥袖
对着晓天的烟霞
走去，轻轻的，轻轻的
背向着我们。

春风似的不再停住！

春风似的吹过，

你却留下

永远的那么一颗

少年人的信心；

少年的微笑

和悦的

洒落在别人的新枝上。

我们骄傲

你这骄傲

但你，玮德，独不惆怅

我们这一片

懦弱的悲伤？

黯淡是这人间

美丽不常走来

你知道。

歌声如果有，也只在

几个唇边旋转！

一层一层尘埃，

凄怆是各样的安排，

即使狂飙不起，狂飙不起

这远近苍茫，

雾里狼烟，

谁还看见花开！

你走了，

你也走了，

尽走了，再带着去

那些儿馨芳，
那些个嘹亮，
明天再明天，此后
寂寞的平凡中
都让谁来支持？

一星星理想，难道
从此都空挂到天上？
玮德你真是个诗人
你是这般年轻，好像
天方放晓，钟刚敲响……
你却说倦了，有点儿
不耐烦忍心，
一条虹桥由中间拆断：
情愿听杜鹃啼唱，
相信有明月长照，
寒光水底能依稀映成
那一半连环
憧憬中
你诗人的希望！
玮德是不是那样
你觉得乏了，人间的怅惘
你不管；
莲叶上笑着展开
浮烟似的诗人的脚步
你只相信天外那一条路？

（发表于1935年6月《文艺月刊》第六期第七卷）

静　院

你说这院子深深的——

美从不是现成的。

这一掬静,

到了夜,你算,

就需要多少铺张?

月圆了残,叫卖声远了,

隔过老杨柳,一道墙,又转

初一?凑巧谁又在烧香……

离离落落的满院子,

不定是神仙走过,

仅是迷惘,像梦……

窗槛外或者是暗的,

或透那么一点灯火。

这掬静,院子深深的

——有人也叫它做情绪——

情绪，好，你指点看

有不有轻风，轻得那样

没有声响，吹着凉？

黑的屋脊，自己的，人家的，

兽似的背耸着，又像

寂寞在嘶声的喊！

石阶，尽管沉默，你数，

多少层下去，下去，

是不是还得栏杆，斜斜的

双树的影去支撑？

对了，角落里边

还得有人低着头脸。

会忘掉又会记起——会想

——那不论——或者是

船去了，一片水，或是

小曲子唱得嘹亮；

或是枝头粉黄一朵，

记不得谁了，又向谁认错！

又是多少年前——夏夜。

有人说：

"今夜，天……"（也许是秋夜）

又穿过藤萝

指着一边，小声的，"你看，

星子真多！"

草上人描着影子：

那样点头，走，

又有人笑。……

静，真的，你可相信
这平铺的一片——
不单是月光，星河，
雪和萤虫也远——
夜，情绪，进展的音乐
如果慢弹的手指
能轻似蝉翼，
你拆开来看，纷纭，
那玄微的细网
怎样深沉的拢住天地，
又怎样交织成
这细致飘渺的彷徨！

二十五年一月

（发表于1936年4月12日《大公报·文艺副刊》）

冥　思

心此刻同沙漠一样平，
思想像孤独的一个阿拉伯人
仰脸孤独的向天际望
落日远边奇异的霞光，
安静的，又侧个耳朵听
远处一串骆驼的归铃。

在这白色的周遭中，
一切像凝冻的雕形不动；
白袍，腰刀，长长的头巾
浪似的云天，沙漠上风！
偶有一点子振荡闪过天线
残霞边一颗星子出现。

二十五年夏末

（发表于1936年12月13日《大公报·文艺副刊》）

空想（外四章）

终日的企盼企盼正无着落，
太阳穿窗棂影，种种花样。
暮秋梦远，一首诗似的寂寞，
真怕看光影，花般洒在满墙。

日子悄悄的仅按沉吟的节奏，
尽打动简单曲，像钟摇响。
不是光不流动，花瓣子不点缀时候
是心漏却忍耐，厌烦了这空想。

你来了

你来了，画里楼阁立在山边，
交响曲由风到风，草青到天！
阳光投多少个方向，谁管？你，我
如同画里人掉回头，便就不见。

你来了，花开到深深的深红；
绿萍遮住池塘上一层晓梦，
鸟唱着，树梢交织起细细枝柯——白云
却是我们，倏忽翻过几重天空！

藤花前—独过静心斋

紫藤花开了

轻轻的放着香，

没有人知道……

紫藤花开了

轻轻的放着香，

没有人知道。

楼不管，曲廊不作声

蓝天里白云行去，

池子一脉静；

水面散着浮萍，

水底下挂着倒影。

紫藤花开了

没有人知道，

蓝天里白云行去，
小院，
无意中我走到花前
轻香，风吹过
花心，
风吹过我——
望着无语，紫色点。

红叶里的信念

年年不是要看西山的红叶，
谁敢看西山红叶？不是
要听异样的鸟鸣，停在
那一个静幽的树枝头，
是脚步不能自已的走——
走，迈向理想的山坳子
寻觅从未曾寻着的梦：
一茎梦里的花，一种香，
斜阳四处挂着，风吹动，
转过白云，小小一角高楼。

钟声已在脚下，松同松
并立着等候，山野已然
百般渲染豪侈的深秋。

梦在哪里，你的一缕笑，
一句话，在云浪中寻遍，
不知落到哪一处？流水已经
渐渐的清寒，载着落叶
穿过空的石桥，白栏杆，
叫人不忍再看，红叶去年
同踏过的脚迹火一般。

好，抬头，这是高处，心卷起
随着那白云浮过苍茫，
别计算在哪里驻脚，去，
相信千里外还有霞光，
像希望，记得那烟霞颜色，
就不为编织美丽的明天，
为此刻空的歌唱，空的
凄恻，空的缠绵，也该放
多一点勇敢，不怕连牵
斑驳金银般旧积的创伤！

再看红叶每年，山重复的
流血，山林，石头的心胸
从不倚借梦支撑，夜夜
风像利刃削过大土壤，
天亮时沉默焦灼的唇，
忍耐的仍向天蓝，呼唤
瓜果风霜中完成，呈光彩，
自己山头流血，变坟台！
平静，我的脚步，慢点儿去，

别相信谁曾安排下梦来！

一路上枯枝，鸟不曾唱，
小野草香风早不是春天。
停下！停下！风同云，水同
水藻全叫住我，说梦在
背后；蝴蝶秋千理想的
山坳同这当前现实的
石头子路还缺个牵连！
愈是山中奇妍的黄月光
挂出树尖，愈得相信梦，
梦里斜晖一茎花是谎！

但心不信！空虚的骄傲
秋风中旋转，心仍叫喊
理想的爱和美，同白云
角逐；同斜阳笑吻；同树，
同花，同香，乃至同秋虫
石隙中悲鸣，要携手去；
同奔跃嬉游水面的青蛙，
盲目的再去寻盲目日子——
要现实的热情另涂图画，
要把满山红叶采作花！
这萧萧瑟瑟不断的呜咽，
掠过耳鬓也还卷着温存，
影子在秋光中摇曳，
心再不信光影外有串疑问！
心仍不信，只因是午后，

那片竹林子阳光穿过
照暖了石头，赤红小山坡，
影子长长两条，你同我
曾经参差那亭子石路前，
浅碧波光老树干旁边！

生命中的谎再不能比这把
颜色更鲜艳！记得那一片
黄金天，珊瑚般玲珑叶子
秋风里挂，即使自己感觉
内心流血，又怎样个说话？
谁能问这美丽的后面
是什么？赌博时，眼闪亮，
从不悔那猛上孤注的力量；
都说任何苦痛去换任何一分
一毫，一个纤微的理想！

所以脚步此刻仍在迈进，
不能自已，不能停！虽然山中
一万种颜色，一万次的变，
各种寂寞已环抱这孤影；
热的减成微温，温的又冷，
焦黄叶压踏在脚下碎裂，
残酷地散排昨天的细屑，
心却仍不问脚步为甚固执，
那寻不着的梦中路线——
仍依恋指不出方向的一边！
西山，我发誓地，指着西山，

别忘记，今天你，我，红叶连
成这一片血色的伤怆！
知道我的日子仅是匆促的
几天，如果明年你同红叶
再红成火焰，我却不见，
深紫，你山头须要多添
一缕抑郁热情的象征，
记下我曾为这山中红叶，
今天流血地存一堆信念！

（发表于1937年1月《新诗》第4期）

我们的雄鸡

我们的雄鸡从没有以为
自己是孔雀
自信他们鸡冠已够他
仰着头漫步——
一个院子他绕上了一遍
仪表风姿
都在群雌的面前！

我们的雄鸡从没有以为
自己是首领
晓色里他只扬起他的呼声
这呼声叫醒了别人
他经济地保留这种叫喊
（保留那规则）
于是便象征了时间！

1948年2月18日 清华

山　中

紫色出头抱住红叶，将自己影射在山前，
人在小石桥上走过，渺小的追一点子想念。
高峰外云深蓝天里镶白银色的光转，
用不着桥下黄叶，人在泉边，才记起夏天！

也不因一个人孤独的走路，路更蜿蜒，
短白墙房舍像画，仍画在山坳另一面，
只这丹红集叶替代人记忆失落的层翠，
深浅团抱这同一个山头，惆怅如薄层烟。

山中斜长条青影，如今红萝乱在四面，
百万落叶火焰在寻觅山石荆草边，
当时黄月下共坐天真的青年人情话，
相信那三两句长短，星子般仍挂秋风里不变。

1936年秋

（发表于1937年1月29日《大公报·文艺副刊》）

十月独行

像个灵魂失落在街边，
我望着十月天上十月的脸。
我向雾里黑影上涂热情
悄悄的看一团流动的月圆。

我也看人流着流着过去来回
黑影中冲着波浪翻星点
我数桥上栏杆龙样头尾
像坐一条寂寞船，自己拉纤。

我像哭，像自语，我更自己抱歉！
自己焦心，同情，一把心紧似琴弦——
我说哑的，哑的琴我知道，一出曲子
未唱，幻望的手指终未来在上面？

（发表于1937年3月7日《大公报·文艺副刊》）

去 春

不过是去年的春天，花香

红白的相间着一条小曲径

在今天这苍白的下午，再一次登山

回头看，小山前一片松风

就吹成长长的距离，在自己身旁

人去时，孔雀绿的园门，白丁香花，

相伴着动人的细致，在此时，

又一次湖水将解的季候，已全变了画。

时间里悬挂，迎面阳光不来，

就是来了也是斜抹一行沉寂记忆，树下。

（发表于1937年7月《文学杂志》1卷3期）

除夕看花

新从嘈杂着异乡口调的花市上买来，
碧桃雪白的长枝，同红血般的山茶花。
着自己小角隅再用精致鲜艳来结采，
不为着锐的伤感，仅是钝的还有剩余下！

明知道房里的静定，像弄错了季节，
气氛中故乡失得更远些，时间倒着悬挂；
过年也不像过年，看出灯笼在燃烧着点点血
帘垂花下已记不起旧时热情、旧日的话。

如果心头再旋转着熟识旧时的芳菲，
模糊如条小径越过无数道篱笆，
纷纭的花叶枝条，草看弄得人昏迷，
今日的脚步，再不甘重踏上前时的泥沙。

月色已冻住，指着各处山头，河水更零乱，
关心的是马蹄平原上辛苦，无响在刻画，
除夕的花已不是花，仅一句言语梗在这里，
抖战着千万人的忧患，每个心头上牵挂。

日 子

优闲的仰着脸望：
日子同这没有云的天能不能永远？
又想：
（不敢低头）
疑问同风吹来时，
影子会不会已经
伸得很长，
寂寞的横在
衰柔的青草上？

古城黄昏

我见到古城在斜阳中凝神；
城楼望着城楼，
忘却中间一片黄金的殿顶；
十条闹街还散在脚下，
虫蚁一样有无数行人。

我见到古城在黄昏中凝神；
乌鸦噪聒的飞旋，
废苑古柏在困倦中支撑。
无数坛庙寂寞与荒凉，
锁起一座座剥落的殿门！

我听到古城在薄暮中独语；
僧寺悄寂，熄了香火，

钟声沉下，市声里失去；
车马不断扬起年代的尘土，
到处风沙叹息着历史。

桥

他的使命：

　　南北两岸莽莽两条路的携手；

他的完成

　　不挡江月东西，船只上下的交流；

他的肩背

　　坚定的让脚步上面经过，找各人的路去；

他的胸怀，

　　虚空的环洞，不把江心洪流堵住。

他是座桥：

　　一条大胆的横梁，立脚于茫茫水面；

一堆泥石，

　　辛苦堆积或造形的完美，在自然上边；

一掬理智，

　　适应无数的神奇，支持立体的纪念；

一次人工，

 矫正了造化的疏忽，将隔绝的重新牵连！

他是座桥，

看那平衡两排如同静思的栏杆；

他的力量，

 两座桥墩下，多粗壮的石头镶嵌；

他的忍耐，

 容每道车辙刻入脚印已磨光的石板；

他的安闲，

 岁月增进，让钓翁野草随在身旁。

他的美丽，

 如同山月的锁钥，正见出人类的匠心；

他的心灵，

 浸入寒波，在一钩倒影里续成圆形。

他的存在，

 却不为嬉戏的闲情——而为责任；

他的理想，

 该寄给人生的行旅者一种虔诚。

孤　岛

遥望它是充满画意的山峰，
远立在河心里高傲的凌耸，
可怜它只是不幸的孤岛——
天然没有埂堤，人工没搭座虹桥。

他同他的映影永为周围的水的囚犯；
陆地于它，是达不到的希望！
早晚寂寞它常将小舟挽住！
风雨时节任江雾把自己隐去。

晴天它挺着小塔，玲珑独对云心；
盘盘石阶，由钟声松林中，超出安静。
特殊的轮廓它苦心孤诣做成，
漠漠大地又哪里去找一点同情？

死是安慰

个个连环，永不打开，
　　生是个结，又是个结！
死的实在，
一朵云彩。

　　　一根绳索，永远牵住，
　　生是张风筝，难得飘远，
　　　　死是江雾，
迷茫飞去？

　　　长条旅程，永在中途，
　　生是串脚步，泥般沉重——
　　　　死是尽处，
不再辛苦。

　　　一曲溪涧，日夜流水，
　　生是种奔逝，永在离别！
　　　死只一回，
它是安慰。

林徽因 诗歌精品

【附录】

附一 散文诗

窗子以外

话从哪里说起？等到你要说话，什么话都是那样渺茫地找不到个源头。

此刻，就在我眼帘底下坐着是四个乡下人的背影：一个头上包着黯黑的白布，两个褪色的蓝布，又一个光头。他们支起膝盖，半蹲半坐的，在溪沿的短墙上休息。每人手里一件简单的东西：一个是白木捧，一个篮子，那两个在树荫底下我看不清楚。无疑地他们已经走了许多路，再过一刻，抽完一筒旱烟以后，是还要走许多路的。兰花烟的香味频频随着微风，袭到我官觉上来，模糊中还有几段山西梆子的声调，虽然他们坐的地方是在我廊子的铁纱窗以外。

铁纱窗以外，话可不就在这里了。永远是窗子以外，不是铁纱窗就是玻璃窗，总而言之，窗子以外！

所有的活动的颜色、声音、生的滋味，全在那里的，你并不是不能看到，只不过是永远地在你窗子以外罢了。多少百里的平原土地，多少区域的起伏的山峦，昨天由窗子外映进你的眼帘，那是

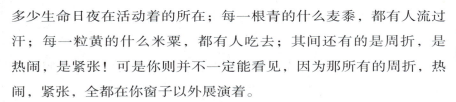

多少生命日夜在活动着的所在；每一根青的什么麦黍，都有人流过汗；每一粒黄的什么米粟，都有人吃去；其间还有的是周折，是热闹，是紧张！可是你则并不一定能看见，因为那所有的周折，热闹，紧张，全都在你窗子以外展演着。

在家里罢，你坐在书房里，窗子以外的景物本就有限。那里两树马缨，几棵丁香；榆叶梅横出疯权的一大枝；海棠因为缺乏阳光，每年只开个两三朵——叶子上满是虫蚁吃的创痕，还卷着一点焦黄的边；廊子幽秀地开着扇子式，六边形的格子窗，透过外院的日光，外院的杂音。什么送煤的来了。偶然你看到一个两个被煤炭染成黔黑的脸；什么米送到了，一个人掮着一大口袋在背上，慢慢放过屏门；还有自来水、电灯、电话公司来收账的，胸口斜挂着皮口袋，手里推着一辆自行车；更有时厨子来个朋友了，满脸的笑容，"好呀，好呀！"地走进门房；什么赵妈的丈夫来拿钱了，那是每月一号一点都不差的，早来了你就听到两个人唧唧哝哝争吵的声浪。那里不是没有颜色，声音，生的一切活动，只是他们和你总隔个窗子——扇子式的，六边形的，纱的，玻璃的！

你气闷了把笔一搁说，这叫做什么生活！你站起来，穿上不能算太贵的鞋袜，但这双鞋和袜的价钱也就比——想它做什么，反正有人每月的工资，一定只有这价钱的一半乃至于更少。你出去雇洋车了，拉车的嘴里所讨的价钱当然是要比例价高得多，难道你就傻子似的答应下来？不，不，三十二子，拉就拉，不拉，拉倒！心里也明白，如果真要充内行，你就该说，二十六子，拉就拉——但是你好意思争！

车开始辗动了，世界仍然在你窗子以外。长长的一条胡同，一个个大门紧紧的关着。就是有开的，那也只是露出一角，隐约可以看到里面有南瓜棚子，底下一个女的，坐在小凳上缝缝做做的；另一个，抓住还不能走路的小孩子，伸出头来喊那过路卖白菜的。至于白菜是多少钱一斤，那你是听不见了，车子早已拉得老远，并且

你也无需乎知道的。在你每月费用之中，伙食是一定占去若干的。在那一笔伙食费里，白菜又是多么小的一个数。难道你知道了门口卖的白菜多少钱一斤，你真把你哭丧着脸的厨子叫来申斥一顿，告诉他每一斤白菜他多开了你一个"大子儿"？

车越走越远了，前面正碰着粪车，立刻你拿出手绢来，皱着眉，把鼻子蒙得紧紧的，心里不知怨谁好。怨天做的事太古怪，好好的美丽的稻麦却需要粪来浇！怨乡下人太不怕臭，不怕脏，发明那么两个篮子，放在鼻前手车上，推着慢慢走！你怨市里行政人员不认真办事，如此脏臭不卫生的旧习不能改良，十余年来对这粪车难道真无办法？为着强烈的臭气隔着你窗子还不够远，因此你想到社会卫生事业如何还办不好。

路渐渐好起来，前面墙高高的是个大衙门。这里你简直不止隔个窗子，这一带高高的墙是不通风的。你不懂里面有多少办事员，办的都是什么事：多少浓眉大眼的，对着乡下人做买卖的吆喝诈取，多少个又是脸黄黄的可怜虫，混半碗饭分给一家子吃。自欺欺人，里面天天演的到底是什么把戏？但是如果里面真有两三个人拼了命在那里奋斗，为许多人争一点便利和公道，你也无从知道！

到了热闹的大街了，你仍然像在特别包厢里看戏一样，本身不会，也不必参加那出戏；倚在栏杆上，你在审美的领略，你有的是一片闲暇。但是如果这里洋车夫问你在哪里下来，你会吃一惊，仓卒不知所答，生活所最必需的你并不缺乏什么，你这出来就也是不必需的活动。

偶一抬头，看到街心和对街铺子前面那些人，他们都是急急忙忙地，在时间金钱的限制下采办他们生活所必需的。两个女人手忙脚乱地在监督着店里的伙计称秤。二斤四两，二斤四两的什么东西，且不必去管，反正由那两个女人的认真的神气上面看去，必是非同小可，性命交关的货物。并且如果称得少点时，那两个女人为那点吃亏的分量必定感到重大的痛苦；如果称得多时，那伙计又知道这年头那损失在东家方面真不能算小。于是那两边的争持是热烈的，必需的，大家声音都高一点：女人脸上呈块红色，头发披下了一缕，又用手抓上去；伙计则维持着客气，口里嚷着：错不了，错不了！

热烈的，必需的，在车马纷纭的街心里，忽然由你车边冲出来两个人；男的，女的，各各提起两脚快跑。这又是干什么的，你心想，电车正在拐大弯。那两个原就追着电车，由轨道旁边擦过去，一边追着，一边向电车上卖票的说话。电车是不容易赶的，你在洋车上真不禁替那伤心里奔走赶车的担心。但是你也知道如果这趟没赶上，他就可以在街旁站个半点来钟，那些宁可望穿秋水不雇洋车的人，也就是因为他们的生活而必需计较和节省到洋车同电车价钱上那相差的数目。

此刻洋车跑得很快，你心里继续着疑问你出来的目的，到底采办一些什么必需的货物。眼看着男男女女挤在市场里面，门首出来一个进去一个，手里都是持着包包裹裹，里边虽然不会全是他们当日所必需的，但是如果当中央着一盒稍微奢侈的物品，则亦必是他们生活中间闪着亮光的一个愉快！你不是听见那人说么？里面草帽，一块八毛五，贵倒贵点，可是"真不赖"！他提一提帽盒向着打招呼的朋友，他摸一摸他那剃得光整的脑袋，微笑充满了他全个脸。那时那一点迸射着光闪的愉快，当然的归属于他享受，没有一点疑问，因为天知道，这一年中他多少次地克己省俭，使他赚来这一次美满的，大胆的奢侈！

那点子奢侈在那人身上所发生的喜悦，在你身上却完全失掉作用，没有闪一星星亮光的希望！你想，整年整月你所花费的，和你那窗子以外的周围生活程度一比较，严格算来，可不都是非常靡费的用途？每奢侈一次，你心上只有多难过一次，所以车子经过的那些玻璃窗口，只有使你更惶恐，更空洞，更怀疑，前后彷徨不着边际。并且看了店里那些形形色色的货物，除非你真是傻子，难道不

119

晓得它们多半是由那一国工厂里制造出来的！奢侈是不能给你愉快的，它只有要加增你的戒惧烦恼。每一尺好看点的纱料，每一件新鲜点的工艺品！

你诅咒着城市生活，不自然的城市生活！检点行装说，走了，走了，这沉闷没有生气的生活，实在受不了，我要换个样子过活去。健康的旅行既可以看看山水古刹的名胜，又可以知道点内地纯朴的人情风俗。走了，走了，天气还不算太坏，就是走他一个月六礼拜也是值得的。

没想到不管你走到哪里，你永远免不了坐在窗子以内的。不错，许多时髦的学者常常骄傲地带上"考察"的神气，架上科学的眼镜，偶然走到哪里一个陌生的地方瞭望，但那无形中的窗子是仍然存在的。不信，你检查他们的行李，有谁不带着罐头食品、帆布床，以及别的证明你还在你窗子以内的种种零星用品，你再摸一摸他们的皮包，那里短不了有些钞票；一到一个地方，你有的是一个提梁的小小世界。不管你的窗子朝向哪里望，所看到的多半则仍是在你窗子以外，隔层玻璃，或是铁纱！隐隐约约你看到一些颜色，听到一些声音。如果你私下满足了，那也没有什么，只是千万别高兴起说什么接触了，认识了若干事物人情，天知道那是罪过！洋鬼子们的一些浅薄，千万学不得。

你是仍然坐在窗子以内的，不是火车的窗子，汽车的窗子，就是客栈逆旅的窗子，再不然就是你自己无形中习惯的窗子，把你搁在里面。接触和认识实在谈不到，得天独厚的闲暇生活先不容你。一样是旅行，如果你背上掮的不是照相机而是一点做买卖的小血本，你就需要全副的精神来走路；你得留神投宿的地方；你得计算一路上每吃一次烧饼和几颗沙果的钱；遇着同行的战战兢兢的打招呼，互相捧出诚意，遇着困难时好互相关照帮忙，到了一个地方你是真带着整个血肉的身体到处碰运气，紧张的境遇不容你不奋斗，不与其他奋斗的血和肉的接触，直到经验使得你认识。

前日公共汽车里一列辛苦的脸，那些谈话，里面就有很多生

活的分量。陕西过来做生意的老头和那旁坐的一股客气，是不得已的：由交城下车的客人执着红粉包纸烟递到汽车行管事手里也是有多少理由的，穿棉背心的老太婆默默地挟住一个蓝布包袱，一个钱包，是在用尽她的全副本领的，果然到了冀村，她错过站头，还亏别个客人替她要求车夫，将汽车退行两里路，她还不大相信地望着那村站，口里噜苏着这地方和上次如何两样了。开车的一面发牢骚一面爬到车顶替老太婆拿行李，经验使得他有一种涵养，行旅中少不了有认不得路的老太太，这个道理全世界是一样的，伦敦警察之所以特别和蔼，也是从迷路的老太太孩子们身上得来的。

话说了这许多，你仍然在廊子底下坐着，窗外送来溪流的喧响，兰花烟气味早已消失，四个乡下人这时候当已到了上流"庆和义"磨坊前面。昨天那里磨坊的伙计很好笑的满脸挂着面粉，让你看着磨坊的构造；坊下的木轮，屋里旋转着的石碾，又在高低的院落里，来回看你所不经见的农具在日影下列着。院中一棵老槐、一丛鲜艳的杂花、一条曲曲折折引水的沟渠，伙计和气的说闲话。他用着山西口音，告诉你，那里一年可出五千多包的面粉，每包的价钱约略两块多钱。又说这十几年来，这一带因为山水忽然少了，磨坊关闭了多少家，外国人都把那些磨坊租去做他们避暑的别墅。惭愧的你说，你就是住在一个磨坊里面，他脸上堆起微笑，让面粉一星星在日光下映着，说认得认得，原来你所租的磨坊主人，一个外国牧师，待这村子极和气，乡下人和他还都有好感情。

这真是难得了，并且好感的由来还有实证。就是那一大早上你无意中出去探古寻胜，这一省山明水秀，古刹寺院，动不动就是宋辽的原物，走到山上一个小村的关帝庙里，看到一个铁铎，刻着万历年号，原来是万历赐这村里庆成王的后人的，不知怎样流落到卖古董的手里。七年前让这牧师买去，晚上打着玩，嘹亮的钟声被村人听到，急忙赶来打听，要凑原价买回，情辞恳切。说起这是他们吕姓的祖传宝物，决不能让它流落出境，这牧师于是真个把铁铎还了他们，从此便在关帝庙神前供着。

这样一来你的窗子前面便展开了一张浪漫的图画，打动了你的好奇，管它是隔一层或两层窗子，你也忍不住要打听点底细，怎么明庆成王的后人会姓吕！这下子文章便长了。

如果你的祖宗是皇帝的嫡亲弟弟，你是不会，也不愿，忘掉的。据说庆成王是永乐的弟弟，这赵庄村里的人都是他的后代。不过就是因为他们记得太清楚了，另一朝的皇帝都有些老大不放心，雍正间诏命他们改姓，由姓朱改为姓吕，但是他们还有用二十字排行的方法，使得他们不会弄错他们是这一脉子孙。

这样一来你就有点心跳了，昨天你雇来那打水洗衣服的不也是赵庄村来的，并且还姓吕！果然那土头土脑圆脸大眼的少年是个皇裔贵族。真是有失尊敬了。那么这村子一定穷不了，但事实上则不见得。

田亩一片，年年收成也不坏。家家户户门口有特种围墙，像个小小堡垒——当时防匪用的。屋子里面有大漆衣柜衣箱，柜门上白铜擦得亮亮；炕上棉被红红绿绿也颇鲜艳。可是据说关帝庙里已有四年没有唱戏了，虽然戏台还高巍巍地对着正殿。村子这几年穷了，有一位王孙告诉你，唱戏太花钱，尤其是上边使钱。这里到底是隔个窗子，你不懂了，一样年年好收成，为什么这几年村子穷了，只模模糊糊听到什么军队驻了三年多等，更不懂是，村子向上一年辛苦后的娱乐，关帝庙里唱唱戏，得上面使钱？既然隔个窗子听不明白，你就通气点别尽管问了。

隔着一个窗子你还想明白多少事？昨天雇来吕姓倒水，今天又学洋鬼子东逛西逛，跑到下面养着鸡羊，上面挂有武魁匾额的人家，让他们用你不懂得的乡音招呼你吃菜，炕上坐，坐了半天出到门口，和那送客的女人周旋客气了一回，才恍然大悟，她就是替你倒脏水洗衣裳的吕姓王孙的妈，前晚上还送饼到你家来过！

这里你迷糊了。算了算了！你简直老老实实地坐在你窗子里得了，窗子以外的事，你看了多少也是枉然，大半你是不明白，也不会明白的。

蛛丝和梅花

真真地就是那么两根蛛丝，由门框边轻轻地牵到一枝梅花上。就是那么两根细丝，迎着太阳光发亮……再多了，那还像样么？一个摩登家庭如何能容蛛网在光天白日里作怪，管它有多美丽，多玄妙，多细致，够你对着它联想到一切自然造物的神工和不可思议处；这两根丝本来就该使人脸红，且在冬天够多特别！可是亮亮的，细细的，倒有点像银，也有点像玻璃制的细丝，委实不算讨厌，尤其是它们那么满脱风雅，偏偏那样有意无意地斜着搭在梅花的枝梢上。

你向着那丝看，冬天的太阳照满了屋内，窗明几净，每朵含苞的，开透的，半开的梅花在那里挺秀吐香，情绪不禁迷茫缥缈的充溢心胸，在那刹那的时间中振荡。同蛛丝一样的细弱，和不必需，思想开始抛引出去：由过去牵到将来，意识的，非意识的，由门框梅花牵出宇宙，浮云沧波踪迹不定。是人性，艺术，还是哲学，你也无暇计较，你不能制止你情绪的充溢，思想的驰骋，蛛丝梅花竟然是瞬息可以千里！

　　好比你是蜘蛛，你的周围也有你自织的蛛网，细致地牵引着天地，不怕多少次风雨来吹断它，你不会停止了这生命上基本的活动。此刻……"一枝斜好，幽香不知甚处……"

　　拿梅花来说吧，一串串丹红的结蕊缀在秀劲的傲骨上，最可爱，最可赏，等半绽将开地错落在老枝上时，你便会心跳！梅花最怕开；开了便没话说。索性残了，沁香拂散，同夜里炉火都能成了一种温存的凄清。

　　记起了，也就是说到梅花，玉兰。初是有个朋友说起初恋时玉兰刚开完，天气每天的暖，住在湖旁，每夜跑到湖边林子里走路，又静坐幽僻石上看隔岸灯火，感到好像仅有如此虔诚地孤对一片泓碧寒星远市，才能把心里情绪抓紧了，放在最可靠最纯净的一撮思想里，始不至亵渎了或是惊着那"痴寐思服"的人儿。那是极年轻的男子初恋的情景——对象渺茫高远，反而近求"自我的"郁结深浅——他问起少女的情绪。

　　就在这里，忽记起梅花。一枝两枝，老枝细枝，横着，虬着，描着影子，喷着细香；太阳淡淡金色地铺在地板上；四壁琳琅，书架上的书和书签都像在发出言语；墙上小对联记不得是谁的集句；中条是东坡的诗。你敛住气，简直不敢喘息，颠起脚，细小的身形嵌在书房中间，看残照当窗，花影摇曳，你像失落了什么，有点迷惘。又像"怪东风着意相寻"，有点儿没主意！浪漫，极端的浪漫。"飞花满地谁为扫？"你问，情绪风似的吹动，卷过，停留在惜花上面。再回头看看，花依旧嫣然不语。"如此娉婷，谁人解看花意，"你更沉默，几乎热情的感到花的寂寞，开始怜花，把同情统统诗意的交给了花心！

　　这不是初恋，是未恋，正自觉"解看花意"的时代。情绪的不同，不止是男子和女子有分别，东方和西方也甚有差异。情绪即使根本相向，情绪的象征，情绪所寄托，所栖止的事物却常常

不同。水和星子同西方情绪的联系，早就成了习惯。一颗星子在蓝天里闪，一流冷涧倾泄一片幽愁的平静，便激起他们诗情的波涌，心里甜蜜的，热情的便唱着由那些鹅羽的笔锋散下来的"她的眼如同星子在暮天里闪"，或是"明丽如同单独的那颗星，照着晚来的天"，或"多少次了，在一流碧水旁边，忧愁倚下她低垂的脸。"

惜花，解花太东方，亲昵自然，含着人性的细致是东方传统的情绪。

此外年龄还有尺寸，一样是愁，却跃跃似喜，十六岁时的，微风零乱，不颓废，不空虚，颠着理想的脚充满希望，东方和西方却一样。人老了脉脉烟雨，愁吟或牢骚多折损诗的活泼。大家如香山，稼轩，东坡，放翁的白发华发，很少不梗在诗里，至少是令人不快。话说远了，刚说是惜花，东方老少都免不了这嗜好，这倒不论老的雪鬓曳杖，深闺里也就攒眉千度。

最叫人惜的花是海棠一类的"春红"，那样娇嫩明艳，开过了残红满地，太招惹同情和伤感。但在西方即使也有我们同样的花，也还缺乏我们的廊庑庭院。有了"庭院深深深几许"才有一种庭院里特有的情绪。如果李易安的"斜风细雨"底下不是"重门须闭"也就不"萧条"得那样深沉可爱；李后主的"终日谁来"也一样的别有寂寞滋味。看花更须庭院，深深锁在里面认识，不时还得有轩窗栏杆，给你一点凭藉，虽然也用不着十二栏杆倚遍，那么懦弱无聊。

当然旧诗里伤愁太多：一首诗竟像一张美的证券，可以照着市价去兑现！所以庭花，乱红，黄昏，寂寞太滥，诗常失却诚实。西洋诗，恋爱总站在前头，或是"忘掉"，或是"记起"，月是为爱，花也是为爱，只使全是真情，也未尝不太腻味。就以两边好的来讲。拿他们的月光同我们的月色比，似乎是月色滋味深长得多。花更不用说了；我们的花"不是预备采下缀成花球，或花冠献给恋人的"，却是一树一树绰约的，个性的，自己立在情人的地位上接

受恋歌的。

所以未恋时的对象最自然的是花，不是因为花而起的感慨，——十六岁时无所谓感慨，——仅是刚说过的自觉解花的情绪，寄托在那清丽无语的上边，你心折它绝韵孤高，你为花动了感情，实说你同花恋爱，也未尝不可，——那惊讶狂喜也不减于初恋。还有那凝望，那沉思……

一根蛛丝！记忆也同一根蛛丝，搭在梅花上就由梅花枝上牵引出去，虽未织成密网，这诗意的前后，也就是相隔十几年的情绪的联络。

午后的阳光仍然斜照，庭院阒然，离离疏影，房里窗棂和梅花依然伴和成为图案，两根蛛丝在冬天还可以算为奇迹，你望着它看，真有点像银，也有点像玻璃，偏偏那么斜挂在梅花的枝梢上。

附二 译作：童话散文诗

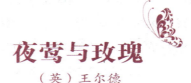

夜莺与玫瑰

（英）王尔德

　　"她说过只要我送给她一些红玫瑰，她就愿意与我跳舞，"一位年轻的学生大声说道，"可是在我的花园里，连一朵红玫瑰也没有。"

　　这番话给在圣栎树上自己巢中的夜莺听见了，她从绿叶丛中探出头来，四处张望着。

　　"我的花园里哪儿都找不到红玫瑰，"他哭着说，一双美丽的眼睛充满了泪水。"唉，难道幸福竟依赖于这么细小的东西！我读过智者们写的所有文章，知识的一切奥秘也都装在我的头脑中，然而就因缺少一朵红玫瑰我却要过痛苦的生活。"

　　"这儿总算有一位真正的恋人了，"夜莺对自己说，"虽然我不认识他，但我会每夜每夜地为他歌唱，我还会每夜每夜地把他的故事讲给星星听。现在我总算看见他了，他的头发黑得像风信子

127

花，他的嘴唇就像他想要的玫瑰那样红；但是感情的折磨使他脸色苍白如象牙，忧伤的印迹也爬上了他的眉梢。"

"王子明天晚上要开舞会，"年轻学生喃喃自语地说，"我所爱的人将要前往。假如我送她一朵红玫瑰，她就会同我跳舞到天明；假如我送她一朵红玫瑰，我就能搂着她的腰，她也会把头靠在我的肩上，她的手将捏在我的手心里。可是我的花园里却没有红玫瑰，我只能孤零零地坐在那边，看着她从身旁经过。她不会注意到我，我的心会碎的。"

"这的确是位真正的恋人，"夜莺说，"我所为之歌唱的正是他遭受的痛苦，我所为之快乐的东西，对他却是痛苦。爱情真是一件奇妙无比的事情，它比绿宝石更珍贵，比猫眼石更稀奇。用珍珠和石榴都换不来，是市场上买不到的，是从商人那儿购不来的，更无法用黄金来称出它的重量。"

"乐师们会坐在他们的廊厅中，"年轻的学生说，"弹奏起他们的弦乐器。我心爱的人将在竖琴和小提琴的音乐声中翩翩起舞。她跳得那么轻松欢快，连脚跟都不蹭地板似的。那些身着华丽服装的臣仆们将她围在中间。然而她就是不会同我跳舞，因为我没有红色的玫瑰献给她。"于是他扑倒在草地上，双手捂着脸放声痛哭起来。

"他为什么哭呢？"一条绿色的小蜥蜴高高地翘起尾巴从他身旁跑过时，这样问道。"是啊，倒底为什么？"一只蝴蝶说，她正追着一缕阳光在跳舞。

"是啊，倒底为什么？"一朵雏菊用低缓的声音对自己的邻居轻声说道。

"他为一朵红玫瑰而哭泣。"夜莺告诉大家。

"为了一朵红玫瑰？"他们叫了起来。

"真是好笑！"小蜥蜴说，他是个爱嘲讽别人的人，忍不住笑了起来。

可只有夜莺了解学生忧伤的原因，她默默无声地坐在橡树上，想象着爱情的神秘莫测。突然她伸开自己棕色的翅膀，朝空中飞去。

她像个影子似的飞过了小树林，又像个影子似的飞越了花园。

在一块草地的中央长着一棵美丽的玫瑰树，她看见那棵树后就朝它飞过去，落在一根小枝上。

"给我一朵红玫瑰，"她高声喊道，"我会为你唱我最甜美的歌。"

可是树儿摇了摇头。

"我的玫瑰是白色的，"它回答说，"白得就像大海的浪花沫，白得超过山顶上的积雪。但你可以去找我那长在古日晷器旁的兄弟，或许他能满足你的需要。"

于是夜莺就朝那棵生长在古日晷器旁的玫瑰树飞去了。

"给我一朵红玫瑰，"她大声说，"我会为你唱我最甜美的歌。"

可是树儿摇了摇头。

"我的玫瑰是黄色的，"它回答说，"黄得就像坐在琥珀宝座上的美人鱼的头发，黄得超过拿着镰刀的割草人来之前在草地上盛开的水仙花。但你可以去找我那长在学生窗下的兄弟，或许他能满足你的需要。"

于是夜莺就朝那棵生长在学生窗下的玫瑰树飞去了。

"给我一朵红玫瑰，"她大声说，"我会为你唱我最甜美的歌。"

可是树儿摇了摇头。

"我的玫瑰是红色的，"它回答说，"红得就像鸽子的脚，红得超过在海洋洞穴中飘动的珊瑚大扇。但是冬天已经冻僵了我的血管，霜雪已经摧残了我的花蕾，风暴已经吹折了我的枝叶，今年我不会再有玫瑰花了。"

"我只要一朵玫瑰花，"夜莺大声叫道，"只要一朵红玫瑰！难道就没有办法让我得到 它吗？"

"有一个办法，"树回答说，"但就是太可怕了，我都不敢对你说。"

"告诉我，"夜莺说，"我不怕。"

"如果你想要一朵红玫瑰，"树儿说，"你就必须借助月光用音乐来造出它，并且要用 你胸中的鲜血来染红它。你一定要用你的胸膛顶住我的一根刺来唱歌。你要为我唱上整整一夜，那根刺一定要穿透你的胸膛，你的鲜血一定要流进我的血管，并变成我的血。"

"拿死亡来换一朵玫瑰，这代价实在很高，"夜莺大声叫道，"生命对每一个人都是非 常宝贵的。坐在绿树上看太阳驾驶着她的金马车，看月亮开着她的珍珠马车，是一件愉快的事情。山楂散发出香味，躲藏在山谷中的风铃草以及盛开在山头的石南花也是香的。然而爱情胜过生命，再说鸟的心怎么比得过人的心呢？"

于是她便张开自己棕色的翅膀朝天空中飞去了。她像影子似的飞过花园，又像影子似的 穿越了小树林。

年轻的学生仍躺在草地上，跟她离开时的情景一样，他那双美丽的眼睛还挂着泪水。

"快乐起来吧，"夜莺大声说，"快乐起来吧，你就要得到你的红玫瑰了。我要在月光 下把它用音乐造成，献出我胸膛中的鲜血把它染红。我要求你报答我的只有一件事，就是你要做一个真正的恋人，因为尽管哲学很聪明，然而爱情比她更聪明，尽管权力很伟大，可是爱情比他更伟大。火焰映红了爱情的翅膀，使他的身躯像火焰一样火红。他的嘴唇像蜜一样甜；他的气息跟乳香一样芬芳。"

学生从草地上抬头仰望着，并侧耳倾听，但是他不懂夜莺在对他讲什么，因为他只知道 那些写在书本上的东西。

可是橡树心里是明白的，他感到很难受，因为他十分喜爱这只在自己树枝上做巢的小夜莺。

"给我唱最后一支歌吧，"他轻声说，"你这一走我会觉得很孤独的。"

于是夜莺给橡树唱起了歌，她的声音就像是银罐子里沸腾的水声。

等她的歌声一停，学生便从草地上站起来，从他的口袋中拿出一个笔记本和一支铅笔。

"她的样子真好看，"他对自己说，说着就穿过小树林走开了——"这是不能否认的；但是她有情感吗？我想她恐怕没有。事实上，她像大多数艺术家一样，只讲究形式，没有任何诚意。她不会为别人做出牺牲的。她只想着音乐，人人都知道艺术是自私的。不过我不得不承认她的歌声里也有些美丽的调子。只可惜它们没有一点意义，也没有任何实际的好处。"他走进屋子，躺在自己那张简陋的小床上，想起他那心爱的人儿，不一会儿就进入了梦乡。

等到月亮挂上了天际的时候，夜莺就朝玫瑰树飞去，用自己的胸膛顶住花刺。她用胸膛顶着刺整整唱了一夜，就连冰凉如水晶的明月也俯下身来倾听。整整一夜她唱个不停，刺在她的胸口上越刺越深，她身上的鲜血也快要流光了。

她开始唱起少男少女的心中萌发的爱情。在玫瑰树最高的枝头上开放出一朵异常的玫瑰，歌儿唱了一首又一首，花瓣也一片片地开放了。起初，花儿是乳白色的，就像悬在河上的雾霾——白得就如同早晨的足履，白得就像黎明的翅膀。在最高枝头上盛开的那朵玫瑰花，如同一朵在银镜中，在水池里照出的玫瑰花影。

然而这时树大声叫夜莺把刺顶得更紧一些。"顶紧些，小夜莺，"树大叫着，"不然玫瑰还没有完成天就要亮了。"

于是夜莺把刺顶得更紧了，她的歌声也越来越响亮了，因为她歌唱着一对成年男女心中诞生的激情。

一层淡淡的红晕爬上了玫瑰花瓣，就跟新郎亲吻新娘时脸上泛起的红晕一样。但是花刺还没有达到夜莺的心脏，所以玫瑰的心还是白色的，因为只有夜莺心里的血才能染红玫瑰的花心。

这时树又大声叫夜莺顶得更紧些，"再紧些，小夜莺，"树儿高声喊着，"不然，玫瑰还没完成天就要亮了。"

于是夜莺就把玫瑰刺顶得更紧了，刺着了自己的心脏，一阵剧烈的痛楚袭遍了她的全身。痛得越来越厉害，歌声也越来越激烈，因为她歌唱着由死亡完成的爱情，歌唱着在坟墓中也不朽的爱情。

最后这朵非凡的玫瑰变成了深红色，就像东方天际的红霞，花瓣的外环是深红色的，花心更红得好似一块红宝石。

不过夜莺的歌声却越来越弱了，她的一双小翅膀开始扑打起来，一层雾膜爬上了她的双目。她的歌声变得更弱了，她觉得喉咙给什么东西堵住了。

这时她唱出了最后一曲。明月听着歌声，竟然忘记了黎明，只顾在天空中徘徊。红玫瑰听到歌声，更是欣喜若狂，张开了所有的花瓣去迎接凉凉的晨风。回声把歌声带回自己山中的紫色洞穴中，把酣睡的牧童从梦乡中唤醒。歌声飘越过河中的芦苇，芦苇又把声音传给了大海。

"快看，快看！"树叫了起来，"玫瑰已长好了。"可是夜莺没有回答，因为她已经躺在长长的草丛中死去了，心口上还扎着那根刺。

中午时分，学生打开窗户朝外看去。

"啊，多好的运气呀！"他大声嚷道，"这儿竟有一朵红玫瑰！这样的玫瑰我一生也不曾见过。它太美了，我敢说它有一个好长的拉丁名字。"他俯下身去把它摘了下来。

随即他戴上帽子，拿起玫瑰，朝教授的家跑去。

教授的女儿正坐在门口，在纺车上纺着蓝色的丝线，她的小狗躺在她的脚旁。

"你说过只要我送你一朵红玫遗，你就会同我跳舞，"学生高声说道，"这是全世界最 红的一朵玫瑰。你今晚就把它戴在你的胸口上，我们一起跳舞的时候，它会告诉你我是多么的爱你。"

然而少女却皱起眉头。

"我担心它与我的衣服不相配，"她回答说，"再说，宫廷大臣的侄儿已经送给我一些 珍贵的珠宝，人人都知道珠宝比花更加值钱。"

"噢，我要说，你是个忘恩负义的人，"学生愤怒地说。一下把玫瑰扔到了大街上，玫 瑰落入阴沟里，一辆马车从它身上碾了过去。

"忘恩负义！"少女说，"我告诉你吧，你太无礼；再说，你是什么？只是个学生。 啊，我敢说你不会像宫廷大臣侄儿那样，鞋上钉有银扣子。"说完她就从椅子上站起来朝屋 里走去。

"爱情是多么愚昧啊！"学生一边走一边说，"它不及逻辑一半管用，因为它什么都证 明不了，而它总是告诉人们一些不会发生的事，并且还让人相信一些不真实的事。说实话，它一点也不实用，在那个年代，一切都要讲实际。我要回到哲学中去，去学形而上学的东 西。"

于是他便回到自己的屋子里，拿出满是尘土的大书，读了起来。